내 이름을 불러준 너에게

> 당신의 바다는
> 삶을 받아쓰는 당신을 응원합니다.

책 제목 내 이름을 불러준 너에게
2025년 9월 30일 1판 1쇄 펴냄

글쓴이 박은비
펴낸이 김민섭
펴낸곳 당신의바다

출판등록
주소 강원특별자치도 강릉시 강릉대로 217 3층
이메일 xmasnight@daum.net

ISBN 979-11-93847-44-2 (02810)

만든 사람들
편집 이유나   **디자인** 김현아

내 이름을 불러준
너에게

박은비

―어젯밤, 빌런 '어비스'가 나타나 도심을 쑥대밭으로 만들었습니다.

쌀쌀한 새벽 등굣길.
학교 근처 문구점에서 뉴스 앵커의 목소리가 일정하게 흘러나왔다.

"어비스? 히어로들은 일을 안 하나."

뉴스를 보느라 멈춰 섰던 발을 다시 굴리며 자조적으로 웃었다.
그리곤 익숙하게 주머니에 손을 넣어 뒤적거렸다.

"찾았다."

에어팟 케이스였다.
그것은 아기자기한 다양한 캐릭터 파츠가 붙어있었다.
귀여운 것보다 무채색을 더 좋아하지만,
친구들과 커플로 맞춘 것이기에 한 번도 뺀 적이 없

었다.

그 친구들은 새로운 걸 맞춘 것 같다만….
조금 서운했지만, 티를 내진 않았다.

'내가 비슷한 걸로 사면 되는 일이지.'

일렁거리던 마음을 애써서 달래며
에어팟을 꺼내 귀를 틀어막았다.
그러자 익숙한 멜로디가 흘러나왔다.
나는 그것에 만족하지 않고 볼륨을 높였다.
그제야 나와 이 세상이 분리된 기분이 들었다.
이때만큼은 그 누구에게도 방해받지 않았다.

"이렇게 해야 아무 생각도 안 난단 말이지."

하지만 그것도 잠시,
학교 근처에 도착해 에어팟을 뺏다.
아이들이 삼삼오오 모여 교문을 넘고 있었다.

"아직인가?"

다른 아이들은 친구들과 함께 들어가는데,
나는 같이 들어갈 친구가
없다는 사실이 무척 부끄러웠다.
그래서 친구를 기다리는 척.
교문 앞에서 주위를 둘러보았다.
학생부 선생님이 힐끗거리는 것이 느껴졌다.
후….
나는 선생님의 시선을 견딜 당당함이 부족했다.
결국 친구가 늦게 오자 기다리는걸
포기한 사람처럼 한숨을 푹 쉬곤 교문을 통과했다.
누군가 나의 어깨를 잡은 것은 그때였다.

텁—

"설화야."
"악! 깜짝이야!"

갑작스러운 접촉에 깜짝 놀랐다.
정말 놀랐다.
날 부를 사람은 없을 거라고
생각했기에 정신을 놓고 있던 탓이 컸다.

"헙. 많이 놀랐어?"

그제야 누군가 날 불렀다는 사실을 깨닫고
소리가 들린 방향으로 고개를 돌렸다.
미안해…. 그곳에는 날 놀라게 한 단발머리의
여자아이가 '이 정도로 놀라?' 하는 표정으로 사과를 건넸다.
조금 과하게 고개를 저으며 손사래 쳤다.

"아니야. 그렇게 크게 놀라지 않았어."

어색하게 입꼬리를 올려 웃었다.
…티 나진 않았겠지?

"아, 역시 그렇지? 뒤에서 불렀는데 답이 없길래."
"날?"

왜지? 무슨 일이 있나?

"아는 얼굴이 보여서 반가워서 불렀지."
"그런 거였어?"

내 옆에 딱 붙어서 팔짱까지 낀 수빈의 고개는 날 바라보고 있었지만,
 시선은 다른 곳을 향하고 있었다.

'누구를 찾는 건가?'

그때 불쑥 좋은 생각이 떠올랐다.
애도 혼자 등교하는 걸까?
그렇다면 앞으로 같이 다니자고 하면 어떨까.
그러면 앞으로 등교할 때마다 교문 앞에서 연기할 필요가 없을 텐데.

나는 등교 메이트가 생겼다는 김칫국을 한껏 들이마셨다.

"저기 있잖아, 혹시 같이 등교하는 친구가 없으면 나랑…."
"꺅! 효정아!"

나의 말은 공중분해가 되어 바람을 타고 날아갔다.
수치스러워 이대로 먼지가 되어 사라지고 싶었다.
수빈이는 줄곧 찾았던 사람을 찾았는지
손을 크게 흔들며 방방 뛰었다.

"미안! 나 먼저 가볼게. 교실에서 보자, 설화야!"
"그래! 잘 가."

애써 웃어 보이며 멀어져가는
수빈의 뒷모습을 바라볼 수밖에 없었다.

***

드르륵—

나는 낡은 교실 문의 손잡이를 당겼다.
그러자 모두의 시선이 쏠렸다.
2초간 정적 후에 다시 와자지껄 교실이 시끄러워졌다.

"저기 있네."

어렵지 않게 내가 속한 무리를 발견했다.
그곳에는 수빈과 효정이도 있었다.
나는 발걸음을 빨리했다.
가까이 다가가자 잔뜩 신난 대화가 들려왔다.

"우리 놀이공원에서 햄버거 말고 핫도그 먹으면 안 돼?"
"난 콜."
"나두!"

무리 사이에 들어가 얘기를 듣다 보니
이상함을 느꼈다.

'무슨 얘기지? 현장 체험학습 얘기 같은데….'

하지만 난 그런 얘기를 같이 나눈 기억이 없었다.
햄버거? 핫도그?
얘네들은 도대체 무슨 얘기를 하는 거지?
잠시 한눈을 판 탓인가,
친구들의 대화 주제가 바뀌어 있었다.

"푸하하! 너도 그 드라마 봤어?"
"봤지! 진심 웃겨 죽는 줄 알았다니까?"

또 내가 모르는 이야기다.
나는 줄곧 신경 쓰였던 주제를 꺼냈다.

"그런데 말이야."

친구들의 시선이 내게 모였다.
그 사실에 긴장이 되어 손에 힘이 들어갔다.

"우리 수학여행 버스 자리는 정했어?"
"우리?"

나는 되묻는 수빈을 이해하지 못했다.
하지만 더욱 당황스러웠던 것은
모두의 시선이 날 바라보는 시선이었다.

"뭐야, 왜 다들 그렇게 봐?"

겁이 났다.
또 내가 모르는 무언가가 있을까 두려웠다.

"설화야, 너 우리랑 같이 가기로 한 거 아니잖아."

수빈이가 물었다.
나는 당황해 뒤로 물러났다.

그러자 수빈이 당황스럽다는 듯이 날 노려봤다.

"너도 따라오고 싶었던 거야?"

그런 거야?
수빈이의 새카만 눈동자가 차갑게 나를 올려다봤다.
나는 끓어오르는 속을 억지로 누르며 물었다.

"나는 친구가 아니었어?"
"너도 친구긴 하지만…."

다른 애들이 수빈의 뒤로 몰려가더니 나를 비웃었다.
아니, 실제로는 바라만 봤지만,
비웃는 것보다 훨씬 더 무서웠다.
나는 가짜 친구라는 생각에서 벗어날 수 없었다.
수빈이가 마지막 회심을 꽂았다.

"너 친구 많잖아. 다른 애들 찾아보는 건 어때?."
"……."

나는 그대로 뒤돌아 내 자리로 돌아갔다.
그리고 의자에 앉았다.
그제야 분함이라는 감정이 불쑥 존재감을
들이밀며 목구멍을 틀어막았다.

너무나 분했다.
그것은 자신에게 선을 그었던 친구들이 아니라,
아무 말도 못 했던 자신을 향한 것이었다.

'만약 내가, 내가 조금 친해지려 노력했으면…'

나는 주머니 속에서 굴러다니는
에어팟을 만지작거렸다.
예전부터 어렴풋이 눈치채긴 했었다.

옹기종기 모여 사진을 찍고 자신만 태그 안 했을 때도 단순히 실수하고 생각했었다.
그 후, 자신 빼고 사진을 찍어도 웃어넘겼었다.
그래서는 안 됐다. 조금 더 서운했더라며 투덜거려

야 했다.

하지만 놀이공원을 안 가는 그것은 안 된다.

"엄마가 분명 왜 안 가냐고 추궁할 거야."

***

"보조 배터리 챙겨가야지. 가면 친구들이랑 사진 많이 찍을 텐데."

엄마가 보조 배터리를 내 손에 쥐여주었다.

'어차피 사진 찍을 친구도 없을 텐데.'

버스에서 영화나 봐야겠다.
그런 생각은 엄마의 말 한마디에 싹 지워졌다.

"버스에서 핸드폰 할 생각하지 말고! 영어 단어나

외워."

다음 주가 수행평가인 거 모를 줄 알고?
엄마는 눈 한 번 깜빡이지 않고 동공을 좁혔다.

"네네, 알겠으니까 걱정하지 마세요."
"후…."

엄마가 주는 기대감에 손이 잘게 떨렸다.
하지만 내색하지 않고 현관문을 부드럽게 열었다.

***

버스에 도착했지만,
내가 제일 마지막에 도착한 모양이다.

'어디에 앉지?'

버스를 크게 훑는 과정에서 수빈과 눈이 마주쳤다.

나를 보는 그녀의 얼굴이 미묘하게 일그러져 있었다.
빠르게 다른 좌석으로 눈을 돌렸다.

"남은 자리는 뒤쪽이랑 제일 앞쪽인데."

유감스럽게도 뒷자리는 수빈 무리와 가깝다.
얼굴에 철판을 깔 정도로 뒷자리가 탐나지도 않았다.
그렇기에 제일 앞자리에 앉아 벨트를 매었다.
그리고 내 옆자리에는 선생님이 앉았다?

'아니, 선생님이 왜 이곳에 앉으시는 거지?'

나는 잠시 말이 없어졌다.
그런 내 마음을 아는 건지 모르는 건지
선생님은 마이크에 입을 가져다 대고 안전 사항을 읊으셨다.
안내 후에는 옆자리 앉은 나에게
윙크를 날리는 것도 잊지 않으셨다.
푸흡.

나도 모르게 웃음이 터졌다.

그 웃음에는 어쩐지 물기가 스며든 것 같다는 착각이 일었다.

그제야 선생님의 눈웃음에서 안심하는 분위기가 조금씩 흘러나왔다.

몰랐는데, 내 표정이 눈에 띄게 굳어 있던 모양이었다.

그리고 시간이 지나, 영어 단어장을

가방에서 꺼내서 한창 외우고 있을 때였다.

"설화야."

선생님이 내 이름을 부르신 것이다.

"네?"

"요즘 고민 같은 거 없니? 아주 사소한 거라도 괜찮아."

나는 아무렇지 않게 웃으며

선생님의 제안을 에둘러 거절했다.

"설화야. 힘든 일이 있다면 무조건 선생님을 찾으렴. 난 언제나 네 편이란다."

이걸 말해도 될까?
입을 열려던 찰나.

덜컹! 치이익—

버스 문이 열렸다.
선생님은 서둘러 벨트를 풀고 좌석에서 일어났다.

"애들아, 짐 챙겨서 천천히 나와!"
"네~"

나도 서둘러 짐을 정리하고 서둘러 버스에서 내렸다.
구름이 껴 적당히 선선한 바람이 나를 스치듯 지나갔다.

"자리 이탈 금지! 선생님 잘 따라와야 한다!"

선생님의 안내에 따라 놀이공원에 입장했지만
나는 여전히 입구에 서서 가만히
각자 다른 방향으로 갈라지는 것을 바라만 보았다.
그리고 적당히 떨어진 벤치에 앉아,
에어팟을 귀에 꽂았다.
나의 기분과는 반대되는 노래가 흘러나왔다.

"뭐야."

에어팟의 연결이 끊어지는 소리가
들림과 동시에 노래가 멈췄다.

"버스에서 노래 들었더니 배터리가 다 됐나?"

결국 에어팟을 다시 빼고 가만히
웃고 떠드는 사람들을 멀뚱히 바라보았다.
무언가 이상했다. 버스에 타기 전부터 느꼈던 답답함.
가슴팍을 주먹으로 툭툭 두드려보았지만
답답함이 가시질 않았다.

'사람이 없는 곳으로 가고 싶어.'

더 이상 나와 동떨어진 세상에 살고 있는
사람들을 볼 자신이 없었다.
벤치에서 일어나 엉덩이를 탁탁 털었다.
그리곤 무작정 걸었다.

"여긴 되게 조용하네."

외각의 화장실을 발견했다.
시끄러운 곳은 무척 시끄럽지만,
조용한 곳은 멀리서 놀이기구 타느라
나오는 비명 외에는 사람의 말소리조차 들리지 않았다.

나는 그곳 화장실 건물 뒤편에 쭈그려 앉았다.
그리고 그 순간 눈에서 봇물 터지듯 눈물이 볼을 타고 흘러내렸다.
세상이 미웠다. 자신에게 이런 시련을 준 세계가 너

무나 원망스러웠다!
 같이 웃어줄 누군가가 있었으면 됐는데.
 그런 친구를 주는 게 그렇게 어려워?
 어렵냐고!
 눈이 부었는지 눈가가 따끔거렸다.
 와중에 다른 이들에게 어떻게 변명할지 걱정하고 있는 내가 바보 같았다.
 나의 감정이 격해진 그 순간,
 놀라운 일이 벌어졌다.

 "이게 뭐야…?"

 눈을 감았다 떴을 때, 무언가 이상했다.
 내 주변의 모든 사물이 둥둥 허공에 있는 것처럼 보였다.
 눈을 세게 비볐다.

 ─쿠르르르!

그러자 이번엔 내가 앉아 있던 바닥이 진동했다.
그리고 화장실 건물의 벽면이 조금씩
갈라지며 천천히 떠올랐다.

"이, 이게 무슨…"

눈앞의 사실을 부정하고 싶었다.
건물이 공중에 떠 있다니 이상하지 않은가.

—쩌어억…

공중에 떠 있는 신기한 건물의
벽면이 조금씩 갈라지고 있었다.

"내 머리가 어떻게 된 건가?"

낮부터 머리가 아프긴 했으니까.
조금만 쉬면 괜찮아질 게 분명했다.
그렇게라도 믿고 싶었다.

하지만 이상하게,

눈을 감고 마음을 다스렸지만, 그 무엇도 바뀌지 않았다.

아니. 바뀌는 것이 있긴 했다.

나무가 몇 채 뽑혀 무섭도록 빠르게 공중을 돌고 있었다.

또한 주위의 모든 것들이 나를 중심으로 '뜨기' 시작했다.

"……."

건물도.

나무도.

손길이 닿지 않아 말라버린 꽃들마저도.

제정신을 유지하기 힘들었다.

점점 아득해져 가는 기분이 나를 지배했다.

내 몸이 아닌 누군가의 것으로 바뀌는 듯한,

알 수 없는 이질감이 전신에 스며들었다.

"뭐야, 그만하라고… 제발…."

분명 입을 움직였지만, 소리가 났는지는 모르겠다.
숨을 들이마셔도, 가슴안으로 들어오지 않는 것 같았다.
소동물처럼 어깨를 웅크렸다.
그리고 눈을 질끈 감았다.
온몸이 움츠러들고 덜덜 떨렸다.
그저 멈추기만을 바랐다.
하지만, 그런 내 마음을 짓밟듯
그것들은 더 크게 흔들렸다.
공중에서 갈가리 찢기는 꽃잎
서로 반대로 어그러지는 그림자들.
누가 흠집 낸 유리처럼 금이 가기 시작한 공기.
모든 것들이 태풍에 휩쓸린 것처럼
내 주위를 빙빙 돌았다.
귀신의 소행 같기도 했다.

"제발. 제발…."

무릎이 꺾였다.

숨을 쉬는 게 힘들어졌다.

심장은 몸 안 어딘가에 숨어버린 것 같았다.

"제발 멈추라고!"

최후의 발악이라 해도 좋을 정도의 외침이었다.

일종의 분노였다.

그리고 그 순간,

내 주위를 미친 듯이 돌던 모든 것들이 공중에 멈췄다.

"어?"

진짜 멈춘 건가.

내가 멈추라고 해서?

눈물이 볼을 타고 흘러내렸다.

안도의 흐느낌이었다.

그리고.

―쿠우우웅…

그 소리가 났다.
가장 무겁고, 가장 깊은 울림.
마치 무언가가 '가리킨' 듯.
모든 것들이 한 방향으로 기울었다.
그 쏠림이 닿은 곳.
놀이공원 한복판.
가장 밝고, 가장 시끄럽고, 가장 '멀쩡한' 세계.
그곳에서―
나는 누군가를 봤다.
모두가 들떠 있는 와중에,
이질적이게도 그 사람은 아무것도
느끼지 않는 표정이었다.
그저
나를 보고 있었다.
그 눈빛은….
차갑고 말이 없었다.
나의 모든 것이 읽히는 것 같다.

하지만 이상했다.
그 시선과 침묵이
이상하게 익숙했다.

"그 눈…."

그건 분명히,
내가 거울을 볼 때마다 마주치는 눈이었다.
어떤 감정도 읽히지 않는 눈.

"버티는 눈."

무너질 것 같은 걸 억누르고,
멍하니 떠 있는 시선이었다.

"나랑 똑같은…."

입이 떨어지지 않았다.
목이 말라 말이 흩어졌다.

그 사람은 아주 천천히 고개를 기울였다.
그러고는 아무렇지도 않게 내 시야에서
스르륵 사라졌다.
녹아든다는 말이 이럴 때 쓰이는 걸까.
남겨진 건 나뿐이었다.
그리고 그제야 아직도 공중에 떠 있는
존재를 인식했다.

"아, 안 돼."

불연 불길함이 솟구쳤다.
내가 오랫동안 바라본 그곳을
이것들도 바라보고 있던 것 같은 착각이 일었다.

"잠깐!"

웅크러있던 몸을 서둘러 일으켜 그것들에 손을 뻗었다.
하지만 늦었다.

그것들은 엄청난 속도로
놀이공원 한복판으로 날아갔다.
내가 뻗은 손끝에는 그 작은 잔바람조차 남아있지 않았다.

—콰콰콰쾅!!

마침내 건물과 나무들이 그곳으로 날아가 부딪혔다.
비상 사이렌이 울리고,
사람들이 하나둘 비명을 지르며 달리기 시작했다.
그리고 그 틈을 뚫는

"현장 요원 긴급 출동!
코드 블랙 발생!
능력 폭주 감지!
일반 시민 대피 우선!"

무전 소리.
딱딱하고, 정확하고, 차가운 목소리.

히어로들이다.

그들이 왔다는 것은 누군가 '봤다는 것'이다.

내가 뭔가를 했다는 것을

누군가를 다치게 했다는 것을 말이다!

숨이 가빠졌다.

그 어떤 것보다 내 심장이 가장 먼저 망가진 기분이었다.

"그럴 리가 없잖아."

두 손으로 머리를 감쌌다.

내 몸을 내가 제대로 다룰 수가 없었다.

몸이 바닥으로 가라앉았다.

모든 게 너무 빨리 일어나고 있었다.

'내가 친구를 가지고 싶다고 생각해서,

과한 욕심을 부려서 신이 벌을 내리신 건가?'

몸을 부르르 떨었다.
세상이 더욱더 원망스러워졌다.

"확실해졌네."

목소리가 들렸다.
낮고 차분한 목소리였다.
나는 고개를 들었다.
그럴 리 없다고 생각하면서도 착실히 시선을 올리고 있었다.

그 애였다면.
반짝이는 푸른 눈으로 말없이 나를 보던 그 애였다면.
어째서 그런 표정을 짓고 있었던 걸까.
놀라지도 않았다.
도망치지도 않았다.
그렇다고 나를 비난하지도 않았다.

마치 처음부터 알고 있었다는 듯이 행동하는

그가 무서웠다.

도무지 그 표정을 이해할 수 없었다.

그래서 더 두려웠던 걸지도 모른다.

"흐윽!"

어느새 숨이 더 깊어졌고,

몸을 일으켜 달리기 시작했다.

머릿속이 하얗다.

무엇을 생각하고 이성적인 판단을 할 정도로 냉철하지 못했다.

사람들의 비명과 히어로들의 등장은

내 머릿속을 헤집기 충분했다.

하지만 그런 상황 속에서도 한 가지 의문이 떠오르는 것을 막지 못했다.

'저 녀석은 누구지?'

***

"ㅅ… 야… 화…야!"

어떡하지. 그 애는 누구지?
날 신고하면 어떡해?

"설화야!"
"…네?!"

나는 흙투성이가 된 발끝에서부터
천천히 시선을 끌어올렸다.
그러자 걱정스럽게 바라보는 눈과 마주쳤다.

"선생님?"

정신을 차리고 주위를 둘러보았다.
버스 안이었다.
그리고 나는 입구에 서 있었다.

모두가 쳐다보는 시선이 느껴졌지만,
신경 쓸 겨를이 없었다.
내가 언제 버스로 돌아왔지?

"어디 다친 곳은 없니?"

선생님이 내 어깨에 손을 올렸다.
갑작스러운 접촉에 뒤로 물러나려 했지만
선생님이 더 빨랐다.

"괜찮으면 자리에 앉으렴."

나는 고개를 작게 끄덕였다.
그리고 가장 앞에 있는 의자에 앉았다.
그제야 선생님이 안심한 듯
아이들의 인원을 확인하기 시작했다.

"기사님! 출발해 주세요!"

선생님의 외침과 동시에
버스가 덜컹거리며 출발했다.
나만의 시간이 필요했다.
다행히 에어팟을 꽂는 모습을 보셨는지
선생님은 딱히 말을 걸어오진 않았다.

'진짜… 괜찮은 거겠지?'

만약 사람이 다쳤으면 어떡하지?
아니야. 분명 다쳤을 거야.
나는 입술을 세게 물었다.
아릿한 고통 흘러들어왔지만
신경 쓰이지 않았다.
비상음과 비명 그리고….
그 푸른 눈동자.

"아니야…. 생각하지 말자."

어떻게든 집까지만, 무사히 가는 거야.

***

집에 돌아오자, 신발을 벗지도 못하고
그대로 털썩 주저앉았다.
머리를 감싸고 무릎을 끌어안았다.
그리고 숨을 크게 들이마셨다.
침 넘어가는 소리가 또렷했다.

스윽—

나는 조심히 손을 들어,
눈앞의 하얀 슬리퍼를 가리켰다.

"떠라."

그러자 마법처럼 슬리퍼가 공중으로 떠올랐다.

"헙."

나는 가리키던 손으로 입을 막았다.
비명이 새어 나올 것 같았기 때문이다.
하지만 손이 거두어졌음에도 슬리퍼는 미동도 없이
공중을 떠 있었다.

"나 초능력자가 된 거야?"

각성한 거면 나라에 신고해야 하나?
아니야. 그렇게 되면 놀이공원에서의 범인이 나라고
의심을 사게 될 거야.

"하지만 신고 안 했다가 들키면 빌런으로 낙인찍힐
거고."

어떡하지? 한 번에 몰려오는 고민이
머릿속을 마구 헤집었다.
이불 속에서도 자꾸만 떠올라
한참을 그렇게 잠에 들지 못했다.

***

다음 날 아침.
눈을 뜬 나는, 반쯤 멍한 상태였다.

'학교는 가야지.'

기계처럼 세수할 때였다.
거울 속 나는 어제보다 더 수척해 보였다.
평소와 똑같이 까만 눈과 머리칼인데….

"헤-"

입꼬리를 잡아당겨 바보 같은 표정을 지었다.
그럼에도 바보같이 축 처진 얼굴은 바뀌지 않았다.

"어휴, 이게 무슨 짓이냐."

화장실에서 나오려 문을 당기자

익숙한 거실은 보이지 않고 온통 까맣다.

"딸."

깜짝. 나는 순간 튀어 나가려던 심장을 붙잡아 다시 제자리로 돌려놨다.

"엄마? 문 앞에서 뭐 하세요."
"어제 큰 일이 있었다며, 몸은 괜찮니?"
"괜찮아요."

엄마의 뒤로 TV가 시끄럽게 떠들고 있었다.
어제와 관련된 뉴스인 것 같다.
나는 앵커 목소리에 집중했다.

- 염력계 빌런의 수행인 것으로 예상하며….

'빌런? 내가?'

심각한 표정으로 뉴스를 듣고 있자,
엄마는 고개를 저으며 말했다.

"저런 나쁜 사람도 얻는 능력을 왜 우리 딸은 못 얻는지."

나는 그런 엄마를 보고 변명하듯 말했다.

"왜, 왜요. 나도 능력이 있을 수 있잖아요."
"테스트에서 초능력자 각성률이 6%로 나왔던 네가?"

나는 그런 엄마의 말에 꿀 먹은 벙어리처럼 입을 열 수 없었다.
그렇지만요, 저 초능력자가 됐는걸요?

엄마는 내 양어깨를 붙잡았다.
그리고 낮게 속삭였다.

"설화야. 들어봐. 우리 같은 비능력자는 공부하는 것 말고는 성공할 길이 없어."

"……."

"그러니까 헛된 상상은 하지 말고, 공부나 열심히 하렴."

알겠지?
그렇게 묻는 엄마의 말에 나는 고개를 끄덕일 수밖에 없었다.
초능력자가 됐다고 무언가 바뀔 거라
생각했던 건 나만의 착각이었다.

"시끄러워."

학교 가는 길은 여전히 붐볐다.
아이들이 삼삼오오 몰려다니며 어제의 일을 얘기하고 있었다.
나는 그런 무리에 섞이지 않은 채,
조용히 걸었다.

그때였다.
누군가와 스치듯 지나쳤다.

"…금발?"

탐스럽게 빛나는 금색 머리칼이 신기했다.
심지어 언뜻 본 거지만, 우리 학교 교복이었던 것 같다.
돌아보는 나의 중얼거림을 들었는지,
금발의 남학생도 나를 돌아보았다.

'푸른 눈….'

반짝이는 푸른 눈동자와 잠깐, 눈이 마주쳤다.
그러자 눈이 마주쳤다는 사실이 기쁜지
남학생은 해사하게 웃었다.

'뭐, 뭐야.'

눈이 마주쳤다는 게 그렇게 기쁜가?

내가 뭔데?
그의 얼굴에는 연분홍빛 활기가 사르르 감돌았다.
그리고 부드러운 입을 움직였다.

"안녕?"

목소리마저 부드러운 미성이었다.
심장은 요동치고 시간은 멈춘 것 같았다.
나는 그대로 뒤돌아 걸어갔다.
저기? 나를 부르는 듯한 목소리가 들렸지만
기분 탓일 거다. 그래 분명 그럴 거야.

***

교실 문을 열자,
짧은 정적이 흘렀다.

"…"

다들 어제의 사건 이야기를 하고 있었는지,
내가 들어오자, 말이 툭 끊겼다.
하지만 금세 다들 입을 열고 교실은 소란스러워졌다.
나는 아무렇지 않게 자리에 가방을 내려놓았다.
늘 그렇듯, 내 옆자리는 비어 있었다.

'비어 있는 자리가 있으면 이것도 내 거지.'

럭키!
그런 생각을 하며 잡다한 것들을 옆자리로 옮겼을 때였다.
친하다고 생각했었던 수빈 무리의 목소리가 들려왔다.

"전학생이래."

수빈이가 속삭였다.
그 말이 들리자, 잠시 후 담임이 교실로 들어왔다.

"자, 조용. 오늘부터 우리 반에 새로운 친구가 전학

왔어. 앞으로 잘 지내길 바란다."

그렇게 소개된 전학생은,
조금 전 길에서 마주친 금발의 소년이었다.

"내 이름은 시우야. 모두 잘 부탁해."

수려한 외모와 미성에 다들 홀린 듯
아무 말이 없었다.
그러자 다들 반한 거냐면서 선생님이 웃으셨다.
그리고 반을 크게 훑었다.

"앞을 자리는…. 음, 설화 옆자리가 비었지?"
"네?!"

입 밖으로 튀어나온 목소리가 날카로웠다.
시선이 한꺼번에 내게 쏠렸다.
나는 황급히 입을 다물었다.

"그래. 시우는 설화 옆에 앉으면 되겠다."

그렇게 당연한 듯, 시우는 내 옆으로 걸어왔다.
그리고 활짝 웃으며 말했다.

"아침에 봤지?"

나는 다시 한번,
몸이 굳는 기분을 느꼈다.
그리고 어색하게 시선을 돌렸다.

"…안 사요."

시우는 그런 내 대답이 재미있다는 듯 웃었다.
그러고는 의자에 털썩 앉으며,
팔을 괴고 날 바라보며 조용히 말했다.

"그럴 리가 없는데. 그런 눈을 어떻게 잊어?"

나는 심장이 철렁 내려앉는 소리를 들었다.

'이런 눈이 뭔데. 혹시 내가 뭔갈 숨기고 있다는 걸 알아챈 건가?'

눈동자가 떨리는 것이 느껴졌다.
무슨 말을 하는 건데.
이건… 플러팅인가? 위협인가?

"…대체 뭘 말하고 싶은 건데."

시우에게 묻기에는 너무 많은 시선이 있었다.
그래서 나는 말 대신,
엉뚱하게 창밖을 바라봤다.

"친한 척하면 다른 애들한테 질투를 받겠지."

속으로 그렇게 중얼거렸다.
고개를 숙이고, 책상 위에 손을 올려놓고 괜히 머리

카락을
 만지작거렸다.
 지금은…
 지금은 아무 일도 없다는 듯,
 평범하게 굴어야 해.

***

점심시간을 알리는 종이 울리자,
 아이들이 일제히 우르르 나갔다.
 나는 그 사이에 섞이지 못했다.
 그리고 섞이고 싶지도 않았다.
 가방을 열어, 어제 편의점에서 사 온 크림빵과 딸기 우유를 꺼냈다.
 조용히 책상에 올려두고 비닐을 벗기기 시작했다.
 누군가가 나를 힐끔 보며 나갔고,
 교실엔 곧 정적이 내려앉았다.
 하지만 그것도 잠시였다.

"…넌 왜 안 가?"

조용히. 옆에서 들려온 목소리에 나는 깜짝 놀랐다.
고개를 돌리자, 시우가 그 자리에 여전히 앉아 있었다.

"…시우 너는?"
"네가 안 가잖아."

무슨 소리야 그게.
그는 흥미롭다는 얼굴을 하고 내 빵을 바라보고 있었다.
나는 괜히 신경 쓰여 그를 돌아보며 물었다.

"너, 밥 안 먹어?"
"응."
"…왜?"
"그냥. 지금은 네가 보고 싶어서."

나는 그 말을 들은 순간,

빵을 쥔 손이 멈칫했다.

"……."
"…그냥, 농담."

내가 티가 나게 굳자, 시우는 미소 지었다.
아까처럼 해사하게.
나는 괜히 기분이 복잡해져서,
들고 있던 크림빵을 반으로 나눴다.
그리고 조심스레 내밀었다.

"먹어. 그냥 두면 불쌍해 보여."

그런 내 말에 시우가 눈을 동그랗게 떴다.
누가 봐도 놀랐다는 표정으로 말이다.

"…크림빵 안 좋아해?"

내가 어색하게 웃으며 물었다.

그러자 시우는 손을 들어 조심히 빵을 받았다.

"좋아해. 좋아하는데… 네가 줄 줄은 몰랐어."

그러면서, 그는 마치 지금, 이 순간이 소중하다는 듯
진지하게 나를 바라봤다.
나는 괜히 그 시선이 부담스러워서,
고개를 푹 숙였다.

"…그냥 먹어. 뭐, 별 뜻 있는 것도 아니니까."
"알고 있어. 그렇지만 고마워."

나는 대답하지 않았다.
대신 딸기우유에 빨대를 꽂아 입에 물었다.
시우는 조용히 빵을 먹기 시작했다.

'오랜만의 평온일지도….'

다음날도 어제와 똑같았다.

시우는 나를 졸졸 따라다녔다.

꼭 어미를 쫓아오는 새끼 오리 같았다.

"뭐 하는 건데?"

"뭐가?"

"왜 자꾸 따라다니냐고."

"기분 나빠?"

또 이런다.

내가 같은 주제를 꺼내면

그는 자신의 눈부신 외모를 이용해 애교를 부렸다.

"그러지 말고, 응?"

"…너랑 친구 하고 싶은 애들은 많던 것 같은데."

나는 뒤편에서 날 노려보는 애들을 힐끔거렸다.

그러자 시우는 나의 손을 조심스럽고 부드럽게 잡아 왔다.

그의 붉은 입술이 벌어지며 듣기 좋은 목소리가 흘

러나왔다.

"우리 다음 교시 이동수업이야."

음?
나는 영문 모를 표정을 지었다.
그걸 지금 타이밍에 말하는 게 맞나?
그러자 아까보다 더 다정한 목소리로 말했다.

"참고로 수업 종이 치기까지 1분 전이고."
"아니!"

그런 걸 왜 이제 말해?
나는 급하게 가방을 뒤적여
체육복을 꺼냈다.

"아하하!"
"웃지 말고 너도 준비해! 체육쌤은 한 번 찍히면 정말 무섭다고."

내 다급한 목소리에 그가 아까보다 더
크게 웃기 시작했다.

"나는 어제 전학 와서 체육복이 없어."
"알겠으니까, 달려!"

이번엔 내가 먼저 손을 뻗었다.
그 탓일까, 그의 커다랗게 떠진 푸른 눈이
즐거움으로 환해졌다.

***

―*띠리띠리리 띠리리리*

시간은 빠르게 흘러
벌써 점심시간이 왔다.
그리고 교실에는 어제와 똑같이
시우와 나만이 앉아 있었다.

'도대체 무슨 목적인 거야?'

그는 어제와 똑같이 턱을 괴고 날 지긋이 바라봤다.

나는 한숨을 쉬며 가방에서 크림빵과 딸기우유를 꺼냈다.

빵을 반으로 나눠 시우에게 내밀었다.

그러자 시우는 아무렇지 않게 받아먹었다.

나는 그를 바라보며 입을 열었다.

"너 어디서 전학 왔어?"

"궁금해?"

시우가 짧게 웃더니 나를 향해 슬쩍 고개를 숙였다.

놀라서 숨을 훅 들이쉬자,

포근하고 따뜻한 비누 향이 풍겼다.

나는 급히 시선을 돌려, 창밖 운동장에 고정했다.

"그냥."

"설화야."

움찔. 나는 온몸이 굳은 것처럼 움직일 수 없었다.
저렇게 다정하게 이름을 불린 게 언제였더라?
나는 창문에 비친 시우의 표정을 살폈다.
아까와 똑같이 다정한 눈으로 날 바라보고 있다.
아, 이상하다.
저 녀석을 만난 후로부터 내가 이상하다.
온몸이 간지럽다.
너는 그들과 다를까?
나에게 이상적인 모습을 강요하진 않을까.
시우, 너는…

"달라."

내가 입 밖으로 말했나?
나는 눈을 동그랗게 뜨고 그를 돌아보았다.
그 순간.

퍼엉—!!

학교 뒤편에서 귀를 찌르는 큰 굉음이 들려왔다.
시우와 나는 갑작스러운 상황에 당황해,
의자에서 벌떡 일어났다.

쿠다탕!

의자가 볼품없이 뒤로 넘어가 굴렀다.
하지만 우리는 조금의 관심도 주지 않고,
소리가 난 방향으로 달리기 시작했다.

"학교 뒤편이면 분명 미술실일 거야!"

학교 지리에 익숙하지 않은 시우 대신
내가 앞장서서 달렸다.
도착한 미술실 앞에는 학생들이 서로의 등을
밀쳐가며 도망치고 있었다.
나는 그런 아이들을 피해서 미술실 근처
나무 뒤에 몸을 숨겼다.

"왜 이곳으로…"

뒤따라온 시우가 입을 열었다.
하지만 곧장 보이는 상황에 입을 다물었다.

"미술실 앞. 위험해 보이는데."

시우의 말대로 모든 것이 검은색인 수상한 차림의 여성이 있었고,
 연갈색 곱슬머리 남학생에게 다가가고 있었다.
 그녀의 손에 들린 나이프가 날카롭게 빛났다.

"흐읍! 사람 살려!!"
"다리에 힘이 풀린 거니? 꼴사납네!"

하하!!
빌런으로 추정되는 여성이 미친 듯이 웃기 시작했다.
덕분에 뒤로 넘어진 남학생은 숨이 넘어갈 듯
울기 시작했다.

"질질 짜는 건 질색인데, 확! 죽여버려?"
"흐윽! 아무나…! 아무나 살려주세요!"

나는 눈을 질끈 감았다.

'내가 구해줄 수 있는데…!'

빌런을 실제로 보는 것은 처음이다.
상상 이상으로 떨리고 겁이 났다.

'나에겐 그럴 힘이 있는데!'

어째서인지 발이 떨어지지 않았다.
지금 이곳에서 능력을 쓴다면,
분명 정체가 드러날 것이다.

'하지만 능력을 쓰지 않는다면, 분명….'

저 학생은 끔찍할 정도로 다치겠지.

아니. 상황이 심각하면 목숨을 잃을 수도 있겠다.

빌런은 그렇게 만만하지 않다.

세상은 그렇게 만만하지 않았다.

하지만

"나도 그렇게 만만하진 않거든?"

이기적이게, 혼자 살겠다고

도움이 필요한 사람을 무시할 정도로 나약하지 않다.

그것도 내가 도움을 줄 수 있는 상황이라면 말이다.

"설화야?"

나의 이변을 눈치챘는지,

시우가 불안한 눈빛으로 나를 응시했다.

나는 그런 시우를 안심시키듯,

부드럽게 미소 지었다.

"다녀올게."

나는 입고 있던 검은 후드를 얼굴이 보이지 않게
깊숙이 눌러썼다.

터벅— 터벅—

나는 무거운 발걸음을 애써서 달래고
빌런의 앞에 섰다.

"아줌마, 당장 멈춰!"
"하? 넌 또 누구야! 그리고 아직 20대 초반이거
든?!"

빌런은 상황을 방해한 것보다,
아줌마라고 불린 게 더 화가 난 모양이었다.
나를 노려보는 꼴이 못마땅해 보였다.

'무서워.'

그 순간, 앞에서 작게 흐느끼는 소리가 들렸다.
빌런에게 위협을 당하던 남학생이었다.

"흐으윽…."

그러자 머리가 돌연 차분해졌다.
그래. 여기서 포기한다면
저 남학생은 크게 다치고 말겠지.

'할 수 있는 데까진 해 보는 거야.'

나는 빌런을 가소롭다는 듯 마주 보았다.
 덜덜 떨리는 두 손을 보이지 않게 후드 주머니에 넣었다.
 그것이 제법 건방져 보였는지 빌런이
이를 악물었다.

"너!"

빌런은 눈앞의 남학생을 지나쳐
나를 향해 걸어오기 시작했다.

"처음 보는 것 같은데. 너 히어로?"
"히어로? 그런 거창한 이름은 필요 없어."

난 저 남학생을 구하려는 것뿐이니까!
나는 빌런 손에 들린 나이프를 노려보았다.
그러자 주변의 공기가 나이프로 쏠리는 듯한 느낌이 들었다.

"높이! 저 녀석이 닿지 못할 곳까지."

명령과도 같은 말과 동시에
칼이 덜덜 떨리기 시작하더니
빌런의 손에서 벗어나 하늘로 솟구쳤다.

"뭐, 뭐야!"

빌런은 반사적으로 물러났다.
그리고 나를 매섭게 노려보았다.

"내 칼에 무슨 짓을 한 거야!"
"상황 파악이 안 돼? 나는 칼만 조종할 수 있는 게 아니야."

나는 빌런 주위의 작은 돌부터 큰 조각상까지
일제히 들어 올려 빌런을 겨눴다.
물론 빌런의 발을 바닥에 고정해 두는 것도 잊지 않았다.

"염력이라고?! 젠장! 한국에도 염력계 히어로가 있었단 말이야?!"

빌런의 얼굴이 순식간에 무너지기 시작했다.
아까 전의 오만함은 어디 가고 초조함만이 깃들었다.
나는 회심의 일격으로 높이 띄워뒀던
칼을 빌런의 목에 겨누었다.

그 모든 일련의 행위에서 나는 전혀 움직이지 않았다.
궁지에 몰린 빌런은 다급히 입을 열었다.

"잠, 잠깐만!"
"뭐야. 할 말이 아직도 남았어?"
"너. 실은 히어로 아니지?"

움찔―

나도 모르게 반응이 커지자
녀석은 신난 듯이 입을 움직였다.

"그렇지? 염력을 가진 히어로가 있었다면 내가 모를 리가 없지."

하하하! 빌런이 입꼬리가 찢어질 만큼 크게 웃었다.

"너! 나라에 각성 사실을 알리지 않았구나!"
"……"

"각성한 사실을 알리지 않아도!"

나는 능력을 사용해
빌런의 몸을 더욱 옥죄었다.
빌런이 고통스러운 신음을 흘렸다.

타다닥!

그 순간 특이한 복장의 사람들이
담을 넘어 달려왔다.

"다친 곳은 없으십니까!"

히어로들이다.
학생들의 신고를 받고 온 거겠지.
나는 빌런을 가리키며 말했다.

"저 녀석이 학생들을 위협했어요."

내가 손짓하자,
히어로들은 눈빛 교환을 마치고
순식간에 빌런을 제압하기 시작했다.
그리고 나는 틈을 타서 몰래 뒤로 빠져
시우가 있는 나무 뒤로 달려 나갔다.

'빨리 도망쳐야 해. 여기서 꼬리가 잡혔다간
놀이공원의 일도 들키겠지.'

타닥—!

"도망가야지! 가만히 서서 뭐 하는…."

시우의 손목을 붙잡고 당겼지만, 그는 끄떡하지 않았다.
초조하게 돌아본 나도 그대로 쩍 굳어버렸다.
시우의 얼굴이 눈에 띄게 굳어 있었다.

"야…. 한시우."

처음으로 그의 이름을 입에 담았다.
하지만 시우는 내 눈을 바라보지 않았다.
머릿속이 복잡해졌다.
내가 능력 쓰는 모습을 그가 전부 지켜보았다.

'무서운 거겠지? 하긴 이런 모습을 봤는데 괜찮으면, 그건 그거대로 이상하긴 하네.'

하하….
머릿속이 복잡했다.

'뭘 기대했던 거지?'

빌런과 대치 전, 시우가 말했던 것을 믿고 싶었던 걸지도 모른다.
자신은 남들과 다르다고 했었던 시우를 말이다.
하지만 현실은 달랐고,
눈앞에 서 있는 시우는 연신 바닥만 응시했다.
나의 안일한 생각에 일어난 결과였다.

"됐어."

나는 그대로 간절히 잡고 있던
시우의 손목을 놓고 혼자 달려갔다.
어째서인지 가슴이 일렁거렸지만
갑작스러운 히어로들의 등장 때문이라며
고개를 저었다.

***

"……."

나는 그 자리에 그대로 얼어붙은 채,
멀어지는 뒷모습만 바라봤다.
그 애가 달아나는 게 보였다.
뭐가 그리 급한지,
나를 한 번도 돌아보지 않았다.
상처받은 얼굴로 도망치는 너를 붙잡고
괜찮다고, 멋졌다고 말해줘야 했다.

적어도 그 한마디는 해줬어야 했다.
하지만 이상하게 발이 떨어지지 않는다.
가슴 한복판이 뻐근하게 조여오는데도
몸은 제멋대로 굳어 있었다.

"네가 맞았어."

의심은 오래전부터 있었다.
처음 눈이 마주쳤을 때.
놀이공원에서 능력을 휘둘렀던 그 순간에도.
어쩌면, 처음부터 알고 있었을지도 모른다.
하지만 지금.
지금에서야 확신이 들었다.

"네가 바로 그 아이구나."

***

그날은 유독 지독하게 굵은 비가 내렸다.

지진으로 균열이 난 건물이 와르르 무너져 내렸고
사람들은 겁에 질려 멀찍이서 바라만 봤다.

"안에 우리 시우가 있어요!"
"더 들어가면 위험합니다!"

나는 그 안에 있었다.
온몸은 흙과 먼지로 덮였고,
피가 머리칼을 타고 흘러내렸다.
무섭고, 아팠다.
입술을 깨물어도 울음이 멎지 않았다.
'살려주세요…' 라는 생각만 수천 번 되뇌었지만,
밖에 있는 사람들은 전부 뒤로 물러설 뿐이었다.
그리고 나는 그들의 생각을 들을 수 있었다.

'안타깝긴 한데….'
'애 하나 구하려다 더 큰 일 나겠어.'

말은 안 했지만,

그들의 머릿속은 전부 그렇게 말했다.
한때 신의 선물이라고 불리던 능력이었다.

"이 능력은 지금 아무짝에도 쓸모없어."

오히려 이 능력은
나를 더 외롭게 만들었다.
모든 사람의 두려움과 방관을
나는 고스란히 들을 수밖에 없었다.

"흐윽…"

죽을지도 모른다는 생각에
숨이 턱 끝까지 차올랐다.
그 순간, 딱 하나.
다른 감정이 나에게로 흘러들어왔다.

'무서워…. 무서워. 하지만, 할 수 있어.'

그 감정은 너무 달랐다.
다른 사람들과는 분명히 달랐다.
그리고 곧이어,
목소리의 주인이 누군지 알 수 있었다.

"괜찮아?"

무너진 콘크리트 조각을 지나,
검은 머리칼을 가진 작은 아이가 달려왔다.
온몸이 검게 그을려 있는 그 아이는 허둥지둥 무너진 책장을 넘으며 다가왔다.
아이는 망설이다가 상처투성이인 손을 내밀었다.

"빨리 이리로 와!"

어른들도 가까이 가지 않던 그곳에서 어린아이는 나를 끌어냈다.
이름을 묻지 않았다.
상처투성이였지만 웃었다.

나를 구해주었다.

"너는…. 대체…."

나는 그렇게 처음 설화를 봤다.
나는 구급차에 실려 갔고,
끝내 그 아이의 이름을 듣지 못했다.
그 대신 매일 그 눈을 떠올렸다.
그날 이후. 수많은 사람들의 눈을 보며 생각했다.

'이 애는 아니야.'라고 말이다.

***

그리고 오늘 네가 누군갈 구하는 걸 보면서 확신했어.
시간이 지나도
세상이 바뀌어도

"넌 변하지 않더라."

***

다음 날. 똑같이 현관문을 나설 때였다.
갑작스럽게 엄마가 말을 걸었다.

"괜찮니?"
"뭐가요?"
"학교에 빌런이 나타났다고 하던데."
"그랬죠."

엄마가 몸을 나에게 바짝 붙여왔다.
그리고 조심스레 입을 열었다.

"검은 후드는?"

심장이 철렁거렸다.
검은 후드는 어제 빌런을 공격했을 때의 복장이었다.
나는 애써 모른 채 대꾸했다.

"검은 후드라뇨?"
"아휴, 뉴스 안 보니? 새롭게 등장한 '검은 후드' 말이야."

꼼짝없이 빌런으로 낙인찍혔을 것이다.
이제 도망 다니면서 살아야 하는 건가.
그렇다고 능력을 쓰게 만든 남학생을 저주하진 않았다.

'구할 수 있으면, 구하는 게 맞는 거지.'

오랫동안 대답이 없자,
엄마가 이상한 눈초리로 나를 바라보았다.
일단 이 위기에서 벗어나야 한다.

"그 빌런 말이지?"
"빌런? 애는 또 왜 이래. 히어로!"
"그렇지, 히어…"

응?!
엄마를 돌아보며 소리쳤다.

"그게 무슨 소리야."

빌런이 아니라 히어로라고?
그럴 수가 있는 건가?

"검은 후드가 빌런을 히어로들에게 넘겼다며. 그걸로 말 다 했지!
 심지어 전국 최초 염력계 초능력자라고, 벌써 팬클럽도 만들어졌다는데?"

엄마가 눈을 빛내며 재촉했다.

"검은 후드 봤니? 너 그때 학교에 있었잖아."
"아뇨! 그럼 전 이만 학교 다녀올게요."

나는 현관문을 열고 서둘러 발을 내디뎠다.

엄마가 뭐라고 소리친 게 들렸지만, 신경 쓰지 않았다.
그저 지금의 상황이 얼떨떨할 뿐이었다.

'나는 히어로가 아니야.'

사람이 울고 있으면 도와주고 싶은 게 당연한 거 아닌가?
이 기분은 학교에 도착해서도 계속되었다.
학교는 어제의 일로 불타올랐다.
우리 교실도 예외는 아니었다.
전부 그 얘기뿐이었다.

'그 곱슬머리 남자애. 죽을 위기에 처했는데 거기서 동영상을 찍고 있어?
그것도 모자라 SNS에까지 올리다니.'

한숨을 푹 내쉬었다.
그것도 재능이야, 재능.
덕분에 빌런이라는 오해는 하지 않았지만,

'검은 후드'라는 엄청난 이름을 얻어버렸다.
그리고 그것은 어딜 가나 들려왔다.
아마 나는 생각보다 더 유명할지 몰랐다.

***

"너…. 맞지?"

갑작스러운 목소리에 교실 문 쪽이 술렁였다.
입구에 선 남학생은 얼굴에 연한 멍 자국이 있었다.
어제 빌런에게 위협당하던 남학생이었다.

'익숙한 얼굴인데. 이지호였던가.'

반에서는 유난히 조용한 성격이었지만,
히어로 얘기가 나오면 눈을 빛내던 아이였다.
그가 조심스럽게 한 발 내디뎠다.

"…너, 어제 그 사람 맞지? 검은 후드."

나는 반사적으로 숨을 들이켰다.

"무, 무슨 소리야?"
"내가 눈으로 봤어. 목소리까지 너랑 똑같은걸."

나는 자리에서 일어나 무심히 말했다.

"증거는 있어?"

이지호가 다가오려고 하자,
누군가 조용히 그의 앞을 가로막았다.
시우였다.

"그만해. 지금 네 추측으로만 이루어진 말이잖아. 그걸로 설화를 몰아가지 마."
"하지만! 맞으면 어떡할 건데? 나는 그 사람 덕에 살아있는 거고 고맙다는 말이라도…!"
"그렇다면 그냥 그걸로 충분해. 그 이상을 강요하면 안 돼."

시우의 목소리는 단호했다.
교실은 잠시 침묵에 휩싸였고,
결국 이지호는 한숨을 쉬며 돌아섰다.
하지만 돌아서는 그의 눈빛은 절대 죽어있지 않았다.
그 뒤로도 몇몇 아이들의 시선이 느껴졌지만
다행히 그 누구도 입을 열지는 않았다.

'뭐지. 날 무서워하는 게 아니었나?'

큰 위기가 하나 지나자,
그제야 작은 것들이 보이기 시작했다.
나는 의자에 앉은 채 멀뚱히 시우를 올려다보았다.
삼 초의 긴 눈 맞춤 끝에 먼저 입을 연 건 시우였다.

"푸하하!"

시우는 갑작스럽게 웃기 시작했다.
뭐가 그리 웃긴 지 눈물까지 훔치면서 말이다.

"설화야, 너 지금… 큽… 표정이 어떤 줄 알아?"
"내 표정? 왜, 뭔데."

나는 손을 올려 얼굴을 더듬었다.
입꼬리가 살짝 내려간 걸 제외하곤,
특별히 이상한 구석은 없었다.

"내가 말 걸었더니 '네가 왜 나를?' 하는 표정이었어!"

왜, 내가 말을 안 걸 줄 알았어?
그렇게 속삭이는 목소리가 간지러웠다.
나는 반사적으로 물러나려 했다.
하지만 시우는 그 짧은 순간을 놓치지 않았다.

덥석―

그의 손이 내 손목을 붙잡았다.
이번엔 웃음기 없이 진지한 눈빛이었다.

"내가 널 무서워할 거로 생각했어?"
"…당연한 거 아니야? 눈앞에서 그런 걸 봤는데!"
"그걸 봤다고 해서, 내가 무서워했을 거라고 진짜 생각해?"

시우는 허리를 숙여 내 눈높이에 맞췄다.
숨결 하나까지 느껴질 정도로 가까운 거리.
그의 눈동자를 마주하는 것이 무서웠다.

"내가 겁나겠지. 나도 내가 무서운데, 너라고 다르겠어?"

그런 나를 유심히 바라보던 시우는
조용히 손을 잡아끌었다.
그리고 아이들에게 말했다.
그의 눈을 마주보기가 무서웠다.
무언가, 전부 들킬 것만 같은 기분이었다.
몇몇 아이들이 곧 수업 시작이라며 말렸지만,
시우는 웃으며 말했다.

"대충 보건실에 간다고 해줘!"

그리고 맞잡은 손에 힘을 주어 당겼다.
복도로 나와 꽤 걸었던 것 같은데,
시우는 아무 말도 없었다.
괜히 불안한 마음에 먼저 입을 열었다.

"어디 가는 거야?"
"글쎄."

그리고 다시 한번 정적이 흘렀다.
다행히 많이 지나지 않아서 걸음이 멈췄다.
학교 끝에 있는 작은 농구장이었다.

"이곳은 아무도 없으니까, 괜찮지?"

시우는 햇살에 따뜻하게 데워진 벤치에
나를 앉히며 상큼하게 웃었다.
그의 금빛 머리칼은 햇빛 아래에서 더욱 빛났다.

"정말 내가 널 무서워할 거로 생각해?"

너의 단순한 질문이었을 모를 그것이,
어째서 나에게는 '너를 무서워하지 않아'라고 들리는 걸까.
나는 자그마한 용기를 얻은 아이처럼
조심스레 입을 열고 말을 토해냈다.

"지금까지 많이 봐왔거든."

그 순간, 나의 머릿속에는 수많은 사람들이
스쳐 지나갔다.

"조금 다르기만 해도 겁먹고 피하는 사람들."

나는 다음 말을 이을 수 없었다.
시우의 얼굴이 잔뜩 일그러져 있었기 때문이다.
화난 것이 아니다.
마치, 자신도 그것을 겪어봤다는 듯한….

나는 고개를 저었다.

'그럴 리가 없지. 시우는 모두가 좋아하잖아.'

벌떡!

나의 이야기를 듣던 시우는 돌연
일어나 농구 골대 아래로 걸어갔다.
그리고 굴러다니던 농구공 하나를 집어 들고
조용히 공을 튕겼다.

"조금 서운한걸."

나는 그의 뒷모습을 바라보았다.

"나를 그런 애들이랑 똑같이 봤다는 거잖아."

움찔—

사실이었다.

그를 무의식적으로 남들과 똑같이 대했다.

정작 그는 남들과 같았던 점이 하나도 없었는데 말이다.

'내가 너무 앞서갔던 걸지도.'

나는 결국 마음속에 묻어둔 비밀을 꺼냈다.

"사실 능력을 얻은 지 많이 지나지 않아서, 아직 다루는 게 미숙해."

그래서 주변 사람들이 다칠까 두려워.

그러자 시우는 농구공을 내게 쥐어주었다.

"그럼 간단하네. 잘 다룰 수 있을 때까지 연습하면 돼."

그리고 말했다.

"이 공을 저 골대에 넣어볼래? 능력만으로 말이야."
"그게 될까?"
"안될 건 없지."

햇빛 아래에서 시우는 천천히 웃었다.
그 웃음은 도망치기만 하던 내게 처음으로,
한 걸음 나아가보자는 말처럼 들렸다.

***

 이지호는 어두컴컴한 방 안에서 수많은 컴퓨터를 바라봤다.
 모니터의 푸른 불빛이 그의 얼굴을 날카롭게 비췄다.
 익숙한 영상이었다.
 검은 후드를 쓴 인물이 빌런을 공중으로 들어 올리는 장면.

 '…움직임이 부드러워. 머뭇거림도 없고.'

이지호는 그 장면을 몇 번이고 반복했다.
자신을 구해낸 사람의 뒷모습이, 화면 속과 겹쳤다.

"내 눈이 틀리지 않았네."

그는 가볍게 숨을 내쉬고,
가방 안에서 작은 수첩을 꺼냈다.
거기엔 빼곡한 메모들과 이름들,
그리고 그 사이에 큼직하게 동그라미 쳐진 한 이름이 있었다.

채설화.

"이 정도면 어비스의 눈에도 들었겠어."

그가 의자에서 몸을 일으켰다.
입가에는 묘한 긴장과 결심이 엷게 스쳤다.

"과연 설화는 어떤 선택을 할까."

***

평소와 다름없는 하굣길.
나는 시우의 옷소매를 조심스레 꼬집었다.

"시우야. 혹시 어비스라는 이름 들어봤어?"

시우의 걸음이 멈추었고,
바람처럼 평온하던 그의 눈빛이 조금 흔들렸다.

"…왜?"
"그냥. 요즘 이상하게 자주 들려.
근처 중학교에서 누가 어비스 조직원한테 당했다는 얘기도 있었고."

무엇보다 자신을 '검은 후드'냐고 추궁했던
이지호가 그날부터 보이지 않았다.

시우는 주위를 살폈다.

그리고 조용히 골목 안으로 이끌었다.
그곳은 좁고 조용했다.

"그 이름 함부로 꺼내면 안 돼."

그의 목소리는 낮고 진지했다.
나는 반사적으로 숨을 삼켰다. 이런 모습은 아직도 익숙하지 않았다.

"어비스는 전국에서 지명수배 중인 조직이야.
능력자만 골라서 추적하고, 일부는 그 능력을 강제로 '거래'한다는 소문도 있어.
목숨값처럼 말이야."

시우는 어깨를 으쓱이며 말을 덧붙였다.

"그게 가능한지는 아무도 모르지만, 실종된 사람들 수가 적지 않아."

꿀꺽―

"특히 '검은 후드' 영상처럼 사람들의 주목을 받은 존재는 더 위험해질 수 있어."
"설마 나도?"

나도 능력을 강제로 빼앗길 수 있는 건가?

시우는 대답하지 않았다.
대신 아주 천천히, 나의 손목을 감싸 쥐었다.
말보다 조용한 행동이었다.

"나, 학교에서 그냥 구한 것뿐이었어.
 그 애가 위험해 보였고, 도망치면 잠을 못 잘 것 같았고. 다른 이유는 없어."
"그게 너니까."

시우는 작게 속삭였다.

"이번엔 내가 지켜줄게."

나는 입이 딱 붙어서
아무런 말도 할 수 없었다.

"나한테 왜 그렇게 잘해주는 거야?"

너에게 무언갈 해준 적도 없었어.

"넌 처음 봤을 때부터 나한테 잘 해줬잖아."

그러자 시우는 착잡한 얼굴로 입을 열었다.

"사실, 널 찾고 있었어. 꽤 오랫동안."

시우는 천천히 말을 이었다.
그 목소리는 미성이었지만, 담백하고 조용했다.

"몇 년 전에 건물 안에 갇힌 적 있었어.

주변 어른들 다 외면하고 있을 때, 누가 날 꺼내줬어."

설마…. 그 아이가.

"검은 먼지를 잔뜩 뒤집어쓰고,
말도 제대로 못 하면서 '괜찮아.'라고 말해준 애."

나는 숨을 삼켰다.

나야?

"그게, 너였어."

나는 간신히 입을 움직였다.

"…왜 지금까지 말 안 했어?"
"그땐 확신이 없었고, 지금은 네가 기억 못 해도 상관없다고 생각했어."

잠시 침묵이 흐른다.

우리들의 어깨 너머로 해가 지고 있었다.

"그럼, 예전부터 너랑 알고 있었던 거네?"

"맞아."

시우는 느릿느릿한 말투로 나에게 그렇게 말했다.

지금의 나는 전혀 변하지 않았다고 말이다.

***

다음 날 아침.

학교 게시판 앞에 학생들이 잔뜩 모여있었다.

평소라면 관심도 주지 않고 지나쳤을 것이

어제 시우의 경고를 들어서일까 몸이 제멋대로 움직였다.

그곳에는 포스터 여러 장이 붙었다.

[검은 후드 히어로 목격자 제보 받습니다!]

[영상 원본 높은 가격에 삽니다.]

숨이 턱 막히고 머릿속에서 붉은 경고음이 울렸다.
학생들 사이에 웅성거림이 퍼졌다.

"진짜 우리 학교 학생 아님?"
"설마 전학생인가?"

아이들의 웅성거림은 나를 초조하게 만들기 충분했다.
저 글을 쓴 사람이 누구지?

'단순한 호기심을 가진 사람일까,
그것도 아니라면…. 어비스인가?'

그때였다.
달콤함과 동시에 시원한 향이 밀려옴과 동시에
얼굴 위쪽에 그림자가 졌다.

"한시우?"

"좋은 아침."

눈이 마주치자, 시우의 눈이 곡선을 그렸다.
그는 학생들 사이에 파묻혀 있는 나를 손쉽게 끌어당겼다.

"흐익!"

나는 반사적으로 소리를 냈다.
시우는 나를 학생 무리에서 떼어내더니,
자연스레 자기 가방을 내 앞으로 기울였다.

"오늘은 늦었네, 늦잠이라도 잔 거야?"

시우가 장난스레 속삭였다.

"……"

나는 아무 대답도 하지 못했다.

조금 전까지의 웅성거림이 아직 귓가에 맴돌고 있었기 때문이다.

"신경 쓰지 마."

시우는 고개를 약간 숙여 내 눈을 똑바로 바라봤다.

"저 포스터 붙인 애들, 그냥 관심을 끌고 싶어서 그러는 거야."

그는 내 손에 가볍게 사탕을 하나 쥐여줬다.

"딸기 사탕?"
"역시 크림빵이 좋았으려나?"

푸흐흐―

나는 순간 긴장이 풀려 웃음이 새는 것을 막지 못했다.

분명 멍청한 표정이겠지.

"그리고 만약."

머리 위에서 부드럽지만, 진지한 목소리가 들려왔다.

"저 포스터가 어비스가 한 짓일지라도, 어제 약속했잖아.
이번엔 내가 지켜주겠다고."

나는 사탕을 꼭 쥔 채 고개를 돌렸다.
더할 나위 없이 따뜻해서 눈가에 물기가 스며든 것 같다는
착각이 일었기 때문이다.

***

복도 반대편, 학생들 무리에 섞여 있던 누군가가

설화를 뚫어져라 노려보고 있었다.

그리고 조용히 핸드폰을 들고 메시지를 보냈다.

[표적 채설화를 찾았어요. 그런데 옆에 수상한 게 한 마리 붙어있는데요?]

띠링—

곧장 상대방에게 연락이 왔다.

[어떤 자식이지?]
[한시우… 라고 하시면 아시려나?]
[뭐? 그 녀석이 왜 그 학교에 있는 건데?]

남자는 인상을 잔뜩 찌푸리고 타자를 했다.

[나야 모르죠. 확실한 건 저 녀석. 채설화랑 떨어질 기미가 안 보여요.]
[…어쩔 수 없지. 조금 더 지켜보다가 접근해.]

[라져.]

그는 천천히 교무실 쪽으로 몸을 돌렸다.
가슴팍에 달린 명찰에는 '실습 교사 이 준'이라는 글자가 반짝였다.

***

나는 아침에 받았던 딸기 사탕을 꺼내 입에 넣었다.
달콤하고 약간의 상큼한 향이 혀끝을 감싸자,
잔뜩 곤두서 있던 신경이 한층 가라앉는 듯했다.
그때였다.
국어 선생님이 교실 문을 벌컥 열고 들어왔다.

"누워 있는 애들은 일어나라!"

탁—!

칠판에 기다란 막대기가 부딪히는 소리가 교실 가

득 울렸다.

　엎드려 자던 학생들이 하나둘씩 고개를 들고 일어났다.

　하지만 나는 반대로, 고개를 더 깊이 숙였다.

　공책 구석에 그러둔 고양이가 괜히 귀엽게 보여서,

　시선을 거기 붙들어 두었다.

"헐… 누구냐?"

누군가의 작게 튀어나온 말.
곧이어, 파문처럼 교실이 술렁이기 시작했다.
평소라면 쥐 죽은 듯 잠잠하던 애들이
물 만난 물고기처럼 떠들어대기 시작했다.
모두의 시선이 향한 곳.
국어 선생님 뒤에는,
처음 보는 남자가 서 있었다.
그는 키가 크고, 얼굴선은 날렵하게 떨어졌으며,
눈빛은 서늘하면서도 기묘하게 부드러웠다.
첫인상은 '잘생겼다'라는 말밖에 나오지 않았다.

"대박, 모델 아냐?"
"노노, 배우 출신 같다니까."
"야, 다 틀렸어. 아이돌이지."

웅성거림은 남자가 입을 여는 순간 뚝 그쳤다.

"반갑습니다. 일주일 동안, 이 반에 들어올 실습 교사, 이 준입니다."

와아아—!

교실은 다시 한번 떠들썩해졌다.
그 환호 속에서 나는 순간적으로 착각했다.
이 준 선생님의 눈길이 나를 향하고 있는 것만 같았다.

수업이 한창일 무렵, 책상 위로 쪽지 하나가 툭 떨어졌다.
옆자리 시우였다.

<너도 저 사람이 잘생겼다고 생각해?>

나는 잠시 망설였다.
답을 쓸까 말까, 고민하다가 고개를 돌렸다.
턱을 괸 채 초롱초롱한 눈으로 나를 똑바로 바라보는 시우와 눈이 마주쳤다.

"……!"

순간 심장이 불쑥 뛰어올랐다.

'뭐야, 왜 저렇게 보는 건데…'

얼굴 위로 은은하게 열기가 차올랐다.
딸기 사탕의 달콤함 때문만은 아닌 듯했다.
그 순간.
내 옆으로 누군가의 그림자가 불쑥 드리워졌다.

"안녕, 설화야?"

묵직한 저음.

이름이 불린 순간 등골로 소름이 쫙 달려갔다.

이준 선생님의 목소리였다.

나는 '내 이름을 어떻게?'라는 표정으로 고개를 돌렸다.

그는 남는 의자를 끌어와,

당연하다는 듯 내 옆자리에 앉았다.

교실이 순간 조용해졌다.

학생들은 놀라서 서로 눈치를 봤다.

이름을 부른 건 우연일까?

시우의 시선이 잠시 나와 교사의 사이를 스쳐 지나갔다.

그 눈빛에는 분명한 경계가 담겨 있었다.

"자, 조용히 하고 교과서 32쪽 펴라."

국어 선생님의 목소리가 울린 순간이었다.

쾅—!

천장 한쪽에서 소리가 터졌다.
금속 파이프와 함께 조명이 덜컥 내려앉았다.

"꺄악!!"

비명이 터졌다.
조명이 향하는 쪽에는 아무것도 모른 채 책을 펴던 여자애가 있었다.
그 순간,
몸이 먼저 반응했다.
손끝을 뻗었다.
힘줄을 타고 능력이 흐르는 감각이 선명했다.
덜컥! 공중에서 조명이 멈췄다.
아이의 머리 위에서 아슬아슬하게 떠올랐다.
순식간에 교실은 정적에 휩싸였다.

"…뭐야, 방금?"
"봤어? 저거―"

나는 숨이 막혀왔다.

사람들 눈앞에서 능력을 썼다.

실수였다.

"괜찮아?"

시우가 다급하게 나를 돌아보았다.

그리고 들릴 듯 말 듯 아주 낮은 목소리로 속삭였다.

"걱정하지 마. 조명이 터져서 아무도 못 봤어."

하지만 나는 그 말을 믿지 않았다.

등 뒤에서 누군가의 시선이 찔렸기 때문이다.

시선을 따라가니, 이 준 선생이 미묘하게

휘어진 입꼬리로 나를 바라보고 있었다.

마치 지금 막 원하는 걸 확인한 사람처럼 말이다.

"진정해라. 조명 나사가 풀린 것뿐이다."

국어 선생님이 진땀을 흘리며 상황을 수습했지만,
아이들은 여전히 웅성거렸다.

"진짜 뭐 본 것 같은데?"
"아니야, 그냥 떨어지다 걸린 거겠지."
"근데 좀 이상했어."

그 사이.
교실 구석에 앉아 있던 이지호와 시선이 스쳤다.
그는 웃지도 놀라지도 않았다.
그저 '역시 그렇군.'이라는 듯
눈을 가늘게 뜨고 나를 지켜보고 있었다.
수업이 끝나고 쉬는 시간이 되자,
나는 자리에서 얼어붙은 채 움직이지 못했다.
시우는 조용히 내 옆에 서서
마치 아무 일 없었다는 듯 크림빵을 내밀었다.

"네가 좋아하던 거."

나는 떨리는 손으로 빵을 받아들였다.

그리고 깨달았다.

더 이상 내 정체를 숨기기 쉽지 않겠다는 사실을 말이다.

'이 준. 절대 평범한 실습 교사가 아니야.'

***

종이 한 장으로 신분을 바꾸는 것은 쉽다.

교사라면 학교는 쉽게 잠입할 수 있겠지.

아이들의 환호와 호기심 어린 시선은

이준에겐 필요 없는 쓰레기에 불과했다.

한 명만 보면 됐다.

채설화.

수많은 학생 사이에서도

단번에 그 아이를 찾을 수 있었다.

평범한 학생이라면 그런 눈빛을 가지고 있을 리가 없지.

"반갑습니다. 실습 교사 이준이라고 합니다."

이준은 일부러 입꼬리를 올렸다.
아이들이 환호성을 질렀다.
어느 쪽이든 상관없었다.
환호든 조롱이든 그가 원하는 건 그녀의 반응뿐이다.
그때였다.
설화의 어깨가 아주 미세하게 떨렸다.
무엇이든 숨기려는 사람의 얼굴은 모두 똑같다.
이준은 그런 사람들을 수없이 봐왔다.

'좋아. 금방 드러나겠어.'

쉬는 시간이 되고 아이들이 몰려들었다.
인스타 아이디, 사진, 질문까지
아무래도 상관없었다.
이준은 일부러 학생들 사이를 뚫고 걸어 들어갔다.

"설화야."

조용하지만 확실히 이름을 불렀다.

교실 공기가 흔들렸다.

애들이 웅성거렸지만, 이준은 전혀 개의치 않았다.

"아까 네 반사신경 인상적이더라."

조용히 말을 듣던 설화의 눈이 커졌다.

당황한 듯한 기색이었다.

그는 웃었다.

"…무슨 말씀인지 모르겠어요."

대답 역시 예상대로 회피였다.

이준은 더 가까이 몸을 숙이며 낮게 속삭였다.

"넌 숨길 수 없어."

그 순간, 다른 그림자가 끼어들었다.

툭—

한 남학생이 책상 모서리를 스치며 앉았다.
채설화에게서 한시도 떨어지지 않던 한시우였다.

"선생님."

황금 같은 눈동자가 고요히 이준을 노려봤다.

"지금은 쉬는 시간이잖아요. 학생들 편하게 두시는 게 좋지 않을까요."

소년의 눈빛을 정면으로 마주했다.
그 시선은 이준을 피하지 않았다.

'이거 호랑이 새끼잖아?'

이준은 끓어오르는 속을 억지로 눌렀다.

"그래. 내 배려가 부족했네. 쉬렴."

그는 일부러 더 이상 덧붙이지 않았다.
교실 밖으로 나오자,
아이들의 웃음소리가 뒤로 멀어졌다.
이준은 주머니 속에서 스마트폰을 꺼냈다.

[한시우 먼저 처리해야 할 것 같은데요.]

띠링—

이번에도 답장은 빨랐다.

[뭐? 그 녀석 미친놈이야. 건들면 안 돼.]
[그래봤자 단순한 정신 계열 능력자 아니에요? 힘이나 쪽수로 찍어 누르면 되죠.]
[전에 우리가 한시우 얻기 위해서 건물 터트린 사건 알고 있냐?]
[그럼요. 뉴스에서 난리였죠.]

한동안 채팅이 올라오지 않았다.

'뭐야, 와이파이가 끊겼나?'

뒤늦게 올라온 채팅에
이준은 할 말을 잃었다.

[그 계획에 참여했던 놈들 전부 의식불명이야.]

***

교실은 평소처럼 떠들썩했다.
하지만 나는 좀처럼 가시지 않는 답답함에
가슴께를 주먹으로 꾹꾹 눌렀다.
그때 누군가 의자에 걸터앉았다.

"조심해라, 채설화."

이지호였다.

나는 갑작스러운 인기척에 몸에 소름이 돋았다.

"너 어디 갔다가 온 거야? 갑자기 사라졌길래 걱정했잖아!"
"말할 수 없는데. 대신 중요한 건 하나 알려주지."

항상 장난스러웠던 그의
눈빛이 깊어졌다.

"넌 이제 선택해야 해. 계속 숨을지, 아니면 나서서 싸울지."
"……."
"어비스는 그냥 그림자가 아니야. 필요하면 교사든 경찰이든 뭐든 위장할 수 있지. 지금 그 실습 교사 이준이 널 보고 있을 거야."

손끝이 조금씩 떨리기 시작했다.
나는 이지호를 올려다보았다.

"…확실한 거야?"

"아니. 하지만 경험상 거의 확실해."

이지호는 씁쓸하게 웃었다.

'경험? 무슨 경험을 말하는 거지?'

그는 내 생각 뻔하다면서 입을 열었다.

"그 자식들이 나한테도 접근했거든. 너의 약점을 캐 달라고 말이야."

그날 밤 방 안에서,
나는 창문을 열어두고 앉아 있었다.
도시의 밝은 빛들이 나와는 정반대로 보였다.
쌀쌀한 바람까지 맞으니,
정말로 내가 바보가 된 것 같았다.

"숨으면 모두 괜찮을까…?"

작게 중얼거렸다.

그러나 대답은 곧바로 찾아왔다.

"검은 먼지를 잔뜩 뒤집어쓰고,
말도 제대로 못 하면서 '괜찮아'라고 말해준 애."

시우가 말했던 '설화'.
그 아이가 바로 자신이었다.

"그때의 난, 도망치지 않았는데."

눈물이 스르르 흘러 눈 앞을 가렸다.
그것은 온기를 머금고 조용히 흘러내렸다.

"왜 지금은 이렇게 무서운 거야."

스마트폰이 진동했다. 시우였다.

[집이지? 절대 나오지 마.]

활짝 열려있는 창문 사이로 주변을 살펴보았다.
좁은 골목 사이에 검은 그림자가 서 있는 게 보였다.
순간 심장이 뛰어올라 본능적으로 커튼을 닫았다.
다시 문자가 왔다.

[걱정하지 마! 내가 처리할게.]
[너는 나오면 안 돼.]

평소 시우와는 다른 명령조의 말투였다.
하지만 그것이 상황의 심각성을 느끼게 해줬다.

'시우 혼자 괜찮을까? 아니야. 절대 괜찮을 리 없어.'

손끝이 떨렸다.
만약 그 애가 다치면,
전부 내 탓이다.

"조금만 버텨!"

나는 시우의 부탁을 들어주지 못했다.
밤공기는 차가웠다.
집 앞 골목으로 들어서자 낯선 기척이 내 뒤를 밟았다.

또각— 또각—

차가운 울림이 온몸을 소름 끼치게 했다.

"역시 나왔군."

침을 꿀꺽 삼켰다.
식은땀이 흐르는 것도 같았다.
고개를 돌리자, 그곳엔 이준이 서 있었다.
평소의 실습 교사 가면은 벗겨졌다.
싸늘한 눈빛이 달빛에 빛났다.

"숨을 수 있을 거라 생각했어?"

그가 천천히 나에게로 다가왔다.
나는 등 뒤로 숨긴 주먹을 꼭 쥐었다.

"선생님이 여기까진 어쩐 일이시죠?"

목소리가 사시나무처럼 떨렸다.
나의 모습을 본 그가 코웃음을 쳤다.

"날 아직도 선생님이라 불러주는 거야? 그렇게 무서워하면서?"

그때였다.

"설화!"

익숙한 목소리가 귓가를 찔렀다.
시우가 거친 숨을 내쉬며 달려왔다.

"설화, 나오지 말라니까 왜…!"

"너야말로 왜 혼자 싸우려고 그런 거야!"

짧게 부딪힌 말.
서로의 잘못을 탓하는 듯했다.
하지만 실은 서로를 걱정하는 말이었다.
이준이 비웃었다.

"둘 다 모여주니, 수고를 덜겠네."

너희를 전부 잡아가면
난 어비스에서 인정받을 수 있다고!
그 순간, 공기가 변했다.
피부가 따끔거리기 시작했다.
나는 재빠르게 물러섰다.
시우가 나를 보호하려는 듯 등 뒤로 밀었다.

"설화, 내 뒤로 와."

하지만 이준은 그런 시우가

가소롭다는 듯이 피식 웃었다.

"너 무너진 건물의 생존자 맞지?"
"뭐?"
"아쉽다. 그때 작전이 성공했더라면…. 넌 지금쯤 우리 쪽이었을 텐데!"

정신계 능력이지만 그것도 나름대로 이용 가치가 있지.
시우의 등 뒤에서 멍하니 두 사람을 바라만 봤다.
순간 머릿속이 하얘졌다.
저놈의 말이 맞다면 시우, 설마 너도!
이준은 이번엔 내 쪽을 향해 웃었다.

"검은 후드. 채설화."

심장이 쿵 떨어졌다.
손가락부터 시작해 온몸이 얼어붙는 기분이 들었다.
손목을 꽉 잡는 온기가 차가워진 나의 손을 녹여주

었다.
 시우였다.

"무서워하지 마."

낮고 단단한 목소리가 귓가에 울렸다.

"네가 도망치면 내가 다쳐. 넌 그러길 원하지 않잖아."

눈물이 터져 나올 것 같았다.
도망칠 이유는 충분했지만,
도망치지 않을 이유는 더 분명했다.

"…좋아. 이번만큼은 숨지 않을 거야."

숨을 내쉴 때마다 공기가 달라졌다.
가로등 불빛이 깜빡이며 골목 전체가 뒤흔들렸다.
내 안에서 차오른 힘이 밖으로 넘쳐흐르기 시작했다.

"흡!"

나는 놈에게 달려들었다.
힘이 넘치는 지금이라면 무엇이든
이길 수 있을 것 같았다.

"설화, 뒤로 물러서!"

시우의 목소리가 날카롭게 울렸다.
하지만 이미 늦었다.

파직—!

이준의 손끝에서 번개가 튀었다.
나는 뒤늦게 염력을 펼쳤지만, 충격은 막지 못했다.
몸이 튕겨 나가듯 뒤로 밀렸다.

"흐윽…"

팔이 저릿했다.
전류가 피부를 타고 흐르는 것 같았다.
고슴도치도 이 정도로 따갑진 않겠다!
시우가 다급히 달려왔다.

"괜찮아?"

나는 고개를 끄덕였지만,
눈빛은 흔들리고 있는 것이 느껴졌다.
그런 나를 시우는 잠시 바라보다가, 낮게 말했다.

"이런 식으론 못 이겨."
"그럼 어떡해야 하는데!"

이준은 얄미울 정도로 여유롭게 웃었다.

"능력자 둘이 덤벼도 이 모양이라니. 실망인데?"

그가 손을 들어 올렸다.

공기가 다시 요동치고
전류가 허공을 가르며 휘몰아쳤다.
그야말로 자연재해였다.

"피해!"

시우의 외침에 반사적으로 몸을 굴렸다.
간신히 피했지만, 숨이 거칠어졌다.

"시우… 너 뭔가 알고 있는 거지?"

나는 시우를 바라봤다.
그는 잠시 침묵하다가 조용히 말했다.

"눈을 마주치면, 상대의 속마음을 읽을 수 있어."
"그럼… 이준의 다음 움직임도?"
"예측할 수 있어. 완벽하진 않지만."

나는 숨을 고르며 자리에서 일어섰다.

"좋아. 그럼, 네가 읽고 지시해 줘! 내가 막을게."

시우도 몸을 뒤로 물리며 자세를 바로 했다.
이준은 우리를 바라보며 비웃었다.

"뭐야, 갑자기 팀워크라도 생긴 거야?"

그리고 지금!
시우가 이준과 눈을 마주쳤다.

"설화, 왼쪽! 바닥 조심해!"

나는 즉시 염력을 집중했다.
바닥에서 솟구치던 전류가 장막에 부딪혀 튕겨 나갔다.

파직—!

이준의 눈이 흔들렸다.

"이런…!!"

시우는 그저 눈을 마주친 채,
다음 움직임을 읽고 있었다.

"다시 온다. 위쪽!"

나는 손을 들어 올렸다.
공중에서 떨어지는 번개를 염력으로 막아냈다.
이젠 두렵지 않았다!

"이제, 반격할 차례야."

이준은 이를 악물었다.

"아무것도 아닌 것들이!!"

그의 손끝에서 전류가 뻗어나갔다.
이번엔 단순한 번개가 아니었다.

공간이 찢어지는 듯한 소리와 함께
바닥이 갈라졌다.

"설화, 뒤로!"

시우가 외쳤다.
나는 염력을 펼쳐 몸을 감싸며 뒤로 물러섰다.
하지만 전류는 나를 따라왔다.
마치 살아있는 뱀처럼 집요하게 쫓아왔다.

"집착이 심해!!"

시우는 이준과 눈을 마주쳤다.

"염력 분산시키지 마. 그 틈을 노리려고 해."
"알았어. 버틸게."

나는 손을 모았다.
염력이 다시 응집되며,

전류를 밀어냈다.

파직—!

이준이 눈을 찌푸리며 두 손을 번쩍 들었다.
하늘이 어두워졌다.
구름 사이로 거대한 번개가 모습을 드러냈다.

"이건 못 막을걸?"

시우는 눈을 마주쳤다.

"설화! 지면을 통해 전류를 흘리면, 낙뢰가 분산돼."
"땅을 깨라는 거야?!"
"지금!"

망설일 틈은 없었다.
나는 손을 뻗어 염력을 집중했다.

쿵—!

그렇게 이준의 공격은 허무하게 실패했다.

"설화야."
"응?"
"저놈. 오른쪽 골목으로 도망치려고 해."

히이익!!
이준은 바닥을 움켜잡은 채
간신히 도망가려다 저지당했다.

"염력 담은 딱밤이나 맞아라!"

퍽—!

털썩.

이준이 힘없이 바닥으로 쓰러졌다.

***

도시가 조금씩 밝아지고 있었다.

멀리서 들려오는 사이렌 소리.

전에는 정말 무서웠던 그 소리가 오늘은 조금 다르게 들렸다.

우린 해 뜨는 걸 바라보며 옥상 난간에 나란히 앉아 있었다.

조금 전까지의 혼란이 거짓말처럼 조용해졌다.

시우가 조용히 말했다.

"어비스가 이제 제대로 노리겠네. 숨어서 평범하게 사는 건… 멀어졌네."

나는 그 말에 웃음이 났다.

이제야 진짜 시작이라는 생각이 들었기 때문이다.

"아니! 나 더 이상 숨어 살지 않으려고. 앞으로 너랑 둘이 같이 어비스 때려잡고 다닐래!"

시우는 잠시 나를 바라보다가,
시선을 피하며 낮게 말했다.

"…넌 내 능력이 불쾌하지 않아? 남의 속마음을 읽는 능력이라니."

그 말에 가슴이 살짝 아릿했다.
그가 얼마나 조심스럽게 살아왔는지,
지금까지 내 상황에 왜 자신이 더 아파 보였는지.
그 말 한마디에 모든 게 다 담겨 있었다.
나는 그의 손등을 살짝 잡았다.
따뜻했다. 언제나 그랬다.

"뭐라는 거야? 네가 전에 나한테 말해줬잖아. 내가 전혀 무섭지 않다고. 나도 똑같아. 지금 능력도 네 일부인데, 어떻게 불쾌하겠어?"

시우는 말없이 나를 바라봤다.
그 눈빛 속엔 말하지 못한 수많은 감정이 담겨 있

었다.

    해가 완전히 떠오르고 있었고

우리의 그림자가 옥상 바닥에서 길게 드리워졌다.

위이이잉– 위이잉–

도시엔 새로운 하루가 시작되고 있었다.

그리고 나는 확신했다.

이제 나는 혼자가 아니라고.

"애초에 네가 날 그렇게 둘 리도 없겠지만."